A CHAIR FOR ALWAYS

Vera B. Williams

Un sillón para siempre

Traducción de Liliana Valenzuela

Greenwillow Books, *An Imprint of* HarperCollins*Publishers* rayo

Pintura a la aguada fue utilizada para preparar el arte a todo color. El tipo de imprenta del texto es Zapf Book.

Library of Congress ha catalogado la edición en inglés.

Williams, Vera B.
A chair for always / by Vera B. Williams.
p. cm.
"Greenwillow Books."
Summary: Rosa is excited when her new cousin, Benji, is born, but when Grandma wants
to remove a beloved armchair, Rosa puts her foot down and insists that the chair,
just like Benji, is a member of the family.
ISBN 978-0-06-172643-9 (Spanish pbk.)
ISBN 978-0-06-172283-7 (Spanish trade bdg.)
ISBN 978-0-06-172279-0 (trade bdg.)
ISBN 978-0-06-172280-6 (lib. bdg.)
[1. Chairs—Fiction. 2. Babies—Fiction. 3. Family life—Fiction.] I. Title.
PZ7.W6685Cf 2009   [E]—dc22   2008027719

09 10 11 12 13 CG/WORZ Primera edición 10 9 8 7 6 5 4 3 2 1

 Greenwillow Books

Mi mamá se quedó a trabajar tan tarde en el restaurante Blue Tile que abuelita y yo nos quedamos dormidas en el sillón grande, esperándola. Abuelita se despertó cerca de la media noche.

—Minina —dijo ella—, mira cómo nos quedamos dormidas en este sillón, como dos ratoncitas en su nido. Vete a acostar. Los niños como tú necesitan soñar.

Abuelita me arropó como lo hace todas las noches.

Justo cuando recuesto la cabeza en la almohada, ella susurra:

—Un momento —y saca la almohada de debajo de mi cabeza. La ahueca y se la lleva a la mejilla. Luego la vuelve a meter debajo de mi cabeza. Abuelita dice—: Ya está, ¡ahora vas a soñar rico!

—Deja la puerta entreabierta —siempre le digo. Me asusto si no puedo ver por el pasillo hasta el cuarto de mamá.

Luego me quedé dormida. Pero me desperté de repente temprano por la mañana antes de que hubiera luz.

Qué quietud tan extraña cuando todos en la cuadra duermen. Fui de puntitas a asomarme al cuarto de mami. Allí estaban sus zapatos de mesera, justo donde se los quitó. Y allí estaba ella, desplomada sobre un costado con la colcha al hombro, como siempre que llega tarde a casa. Así que todo estaba bien y yo iba a meterme en la cama junto a ella y volverme a dormir.

Pero escuché una puerta chirriar en el piso de arriba, donde viven mi tío Santiago y mi tía Ida. . . luego pasos y la voz de mi tía Ida. Mi mamá se despertó enseguida. Se encendió la luz en el cuarto de abuelita. Luego sonó el teléfono y escuché a abuelita decir: —Estaré allí de inmediato.

Mamá salió corriendo y se estrelló conmigo.

—Apenas son las cuatro de la madrugada —dijo mi mamá y me empujó hacia su cuarto—. Anda, duerme en mi cama, ya está calientita.

—Pero, ¿adónde vas? —le pregunté—. ¿Algo anda mal?

—¡Mal! —dijo y rió.

—¡Tú tía Ida está dando a luz!

Pegué un brinco.

—Yo también voy —la llamé de lejos.

—No —dijo mamá—. ¡De ninguna manera! Quédate aquí. Pide de todo corazón que tu tía y el bebé tengan un buen parto.

—Pero yo también quiero ayudar —dije—. Mi primo está en la panza de mi tía Ida.

Mami vaciló por un segundo.

—¡Por favor! —le supliqué.

—Eres demasiado joven todavía —me dijo—. Pero, ¡te prometo que vendré a buscarte en cuanto nazca el bebé! Y necesito que me hagas un gran favor. Cuando suene el despertador, llama a Josefina en el restaurante. Dile que voy a llegar tarde. Explícale que el bebé va a nacer aquí en casa, así que necesito ayudar a mi hermana.

Dormí y no dormí. Abracé mi osito. He dormido con él desde que se nos incendió la casa y nos mudamos con tía Ida y tío Santiago, que viven en el piso de arriba. Tía Ida es cantante. Ella nos ayuda con nuestro grupo musical: la Banda de la Calle Oak.

Le recordé a mi osito que tía Ida siempre está diciendo que necesitamos agregar una guitarra a nuestra banda y dice entre bromas que ella va a tener un bebé que nazca sabiendo cómo tocar la guitarra.

Entonces ya podríamos ser cinco: yo tocando el acordeón, Leonora la batería, Juanita el violín, María la flauta y el bebé la guitarra.

Escuché a alguien tocar el timbre de enfrente. Adiviné que era la partera, que venía a ayudar a que el bebé naciera bien.

Había habido muchas discusiones en casa sobre si era mejor que el bebé naciera aquí o en el hospital como muchos bebés. Pero mi tía Ida quería que el bebé naciera en familia, en su propia casa. Dijo que seguramente iría al hospital si se presentara alguna emergencia, y por supuesto que mi tío Santiago tiene el auto listo por si acaso.

Me quedé dormida pensando en que tal vez serían gemelos. ¡La panza de tía Ida estaba tan grande! Pero mi mamá me había explicado que cuando yo nací, su panza se veía así de grande aunque sólo era yo, una pequeñita de seis libras, una onza.

Me sorprendí cuando sonó el despertador de mi mamá. Luego recordé lo que debía hacer y llamé a Josefina, la jefa de mamá, para darle el recado.

—Ay, cariño, dale mis buenos deseos a tu tía de mi parte —dijo ella—. Y Rosa, no seas impaciente. Un nacimiento puede demorar mucho tiempo.

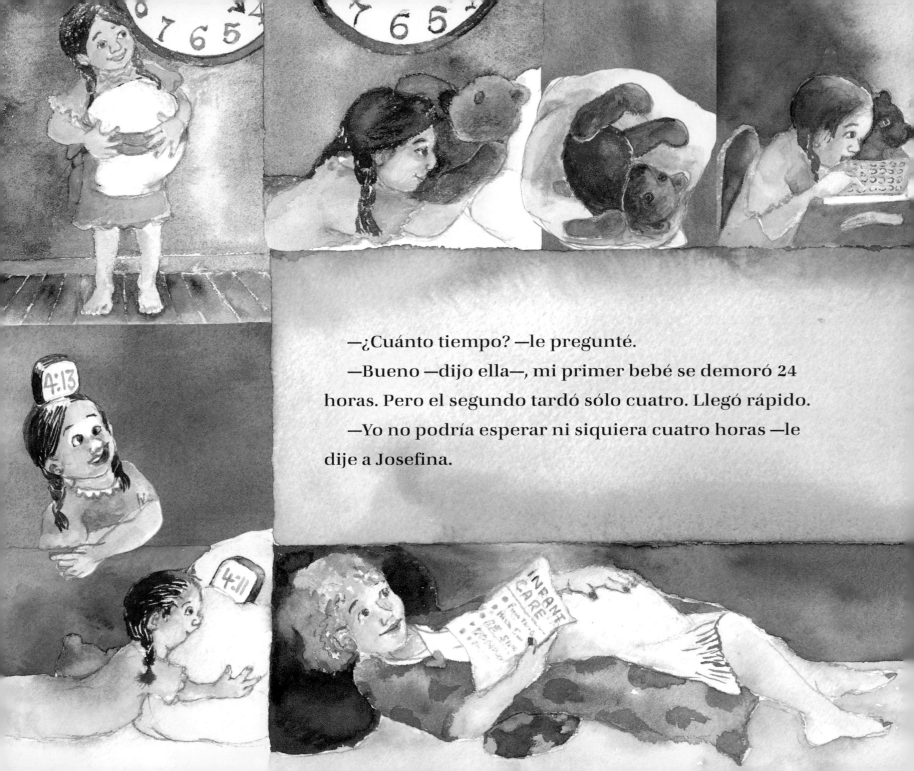

—¿Cuánto tiempo? —le pregunté.

—Bueno —dijo ella—, mi primer bebé se demoró 24 horas. Pero el segundo tardó sólo cuatro. Llegó rápido.

—Yo no podría esperar ni siquiera cuatro horas —le dije a Josefina.

Josefina me conoce. A veces la ayudo en el restaurante y ella me paga. Con eso cooperé para los ahorros que guardábamos en el frasco y con los que compramos el maravilloso sillón para mamá después de que el incendio quemó todos nuestros muebles. Y aquí estaba todavía ese mismo sillón en la sala.

Decidí que era muy importante que me saliera de la cama de mamá y que esperara en nuestro sillón.

Nuestro sillón es un sillón de la buena suerte.

Me sentaría en el sillón e imaginaría.
Soy una muy buena "imaginadora".

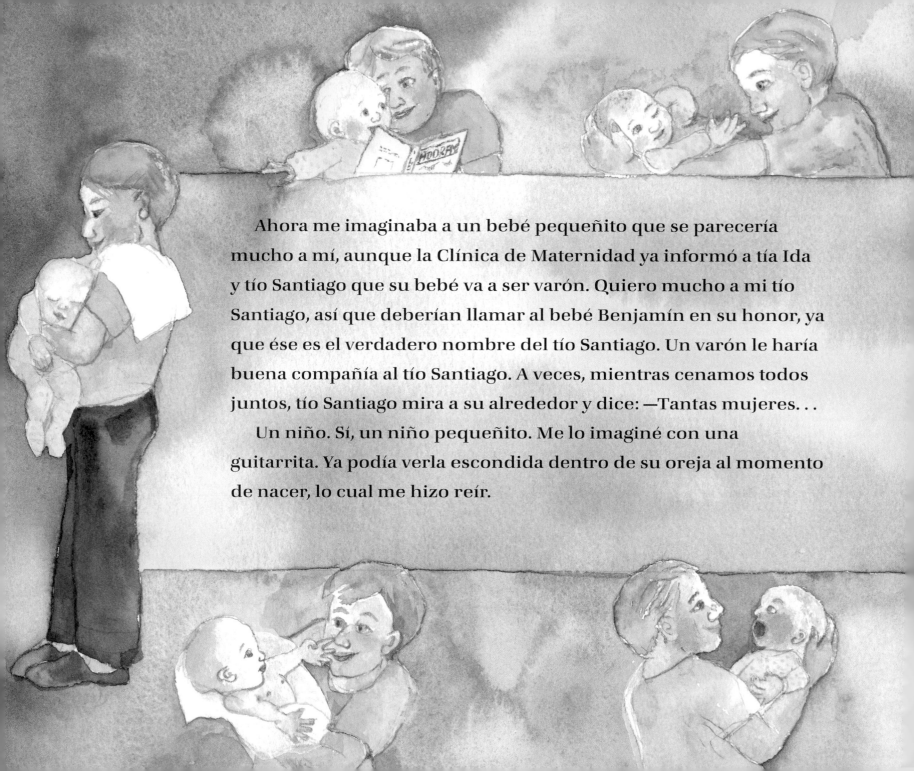

Ahora me imaginaba a un bebé pequeñito que se parecería mucho a mí, aunque la Clínica de Maternidad ya informó a tía Ida y tío Santiago que su bebé va a ser varón. Quiero mucho a mi tío Santiago, así que deberían llamar al bebé Benjamín en su honor, ya que ése es el verdadero nombre del tío Santiago. Un varón le haría buena compañía al tío Santiago. A veces, mientras cenamos todos juntos, tío Santiago mira a su alrededor y dice: —Tantas mujeres. . .

Un niño. Sí, un niño pequeñito. Me lo imaginé con una guitarrita. Ya podía verla escondida dentro de su oreja al momento de nacer, lo cual me hizo reír.

Me imaginé que volveríamos a llenar el frasco de dinero. Algún día podríamos comprar una guitarra más grande para él y un teclado para mí.

Me imaginé enseñándole a leer, llevándolo a la biblioteca, dándole un barquillo de fresa diminuto. Me imaginé discutiendo con él y diciéndole que *tengo la razón* porque *soy mayor*. Imaginé e imaginé. . . hasta quedarme bien dormida.

—Rosa, despierta —dijo mi mamá.

Me sentía muy adormilada, pero ella me ayudó a subir las escaleras para poder conocer a mi primo recién nacido.

Y allí estaba.

Tía Ida se veía tan contenta.

Tío Santiago se veía tan contento.

Mi mamá se veía tan contenta

y mi abuelita se veía súper contenta.

La partera también se veía contenta.

Al igual que la cama, las sillas, la mesa,

la ventana, la barra de pan sobre la mesa,

las tazas y los platos. Y yo, desde luego.

Desde luego. . . YO, la prima Rosa que tuvo tanta suerte

de estar allí presente cuando un ser humano

completamente nuevo acababa de nacer.

Subí y bajé las escaleras todos los días siguientes, visitando al bebé y ayudando a mi tía Ida.

Ella me enseñó cómo cargarlo para que no cabecee. Ayudé a mi tío Santiago a bañarlo. Esas ocho libras, cuatro onzas que él pesaba estaban muy resbalosas.

Le conté la historia de cómo conseguimos el sillón. Supe que me iba a encantar contarle cuentos.

Luego mis amigas Leonora, Juanita y María, de la Banda de la Calle Oak, vinieron a verlo. Leonora dijo que primero teníamos que lavarnos las manos, y luego nos amontonamos todas en el sillón. Tía Ida puso al bebé en mi regazo. Maria sacó su flauta y le tocó una canción de cuna.

Fue muy lindo, pero mi abuelita no estaba conforme.

—Sabes —dijo ella—, este sillón ya está muy raído. Antes era el sillón de tu mamá. Ahora es un sillón para ti y tus amigas y para el pequeñito Benja. Creo que el sillón debería verse nuevo y limpio para mi nuevo nieto.

¡Mi abuelita no aguantaba las ganas de retapizar el sillón! Una vez, incluso antes de que Benja naciera, la sorprendí parada frente a nuestro sillón con unas tijeras grandes y ¡un puñado de telas regadas por todas partes!

—Ay, no, no puedes cambiar nuestro sillón, abuelita. Está perfecto tal como está —le dije entonces. Pero ahora el asiento se humedece debido al pañal del bebé Benja. El cojín está gastado y desteñido.

Así que confeccionamos una cubierta nueva para el asiento y los cojines de la espalda.

Luego tío Santiago y yo tomamos un montón de fotos.

Rosa imitando a Abuelita

Pero mi abuelita siguió murmurando y me di cuenta de que incluso mi mamá comenzaba a urdir algo.

Un domingo por la mañana ella dijo: —Rosa, ¿qué crees? ¿Quizá ahora con mi aumento de sueldo podríamos ahorrar lo suficiente como para comprarnos un sillón nuevo?

Ella estaba mirando la sección del periódico dominical con las ofertas de muebles.

Pero *tuve* que decirle, tal como se lo había dicho a mi abuelita: —No. ¡Rotundamente no! Este sillón nos va a durar para siempre. No me importan las manchas. Y cuando yo crezca y el bebé Benja crezca y tal vez seas una abuelita y mi abuelita se convierta en una bisabuelita, entonces su bisnieto podrá sentarse aquí en este mismo sillón.

Mamá se reía, así que tuve que echarle una mirada muy seria.

—¿Qué no te importa la historia? —le pregunté—. Ni siquiera te acuerdas de cómo trajiste el frasco a casa y cómo ahorramos todas esas monedas de veinticinco, de diez y de cinco centavos . . . ¡hasta de un centavo! ¿Y cómo empezamos con la banda y cómo el dinero que ganamos con ella también iba para el frasco?

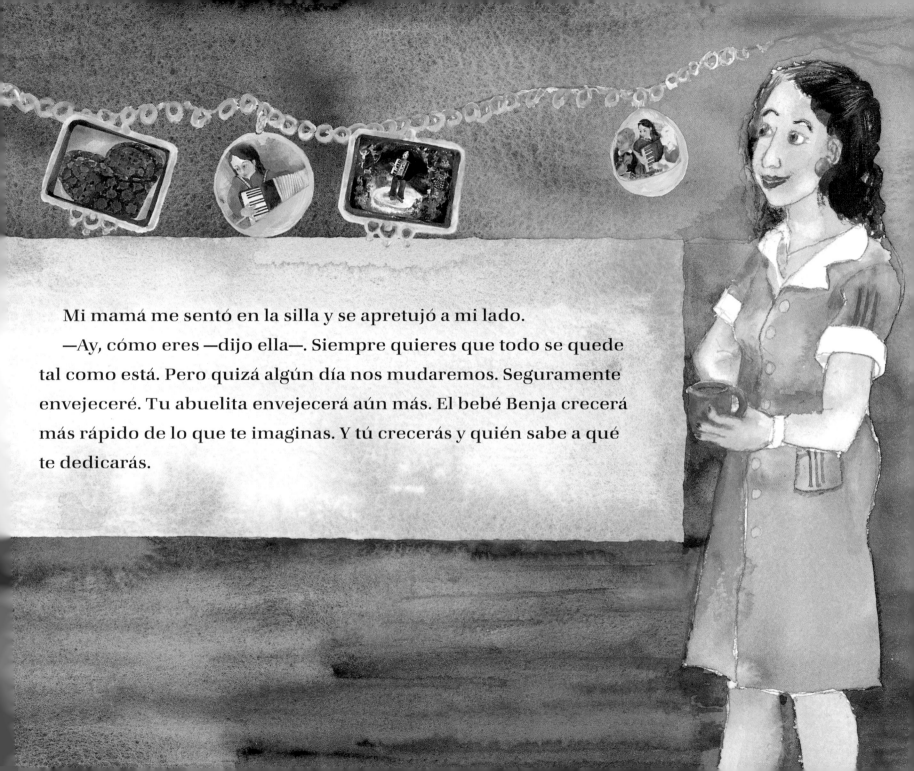

Mi mamá me sentó en la silla y se apretujó a mi lado.

—Ay, cómo eres —dijo ella—. Siempre quieres que todo se quede tal como está. Pero quizá algún día nos mudaremos. Seguramente envejeceré. Tu abuelita envejecerá aún más. El bebé Benja crecerá más rápido de lo que te imaginas. Y tú crecerás y quién sabe a qué te dedicarás.

—Quizá hasta llegues a ser la presidenta y te mudes a
la Casa Blanca en Washington. Todo cambia, sabes.

—Pero este sillón, no —dije. Acaricié mis amadas
rosas de terciopelo de los brazos—. ¡ESTE SILLÓN, NO! Y
dondequiera que yo vaya, ¡irá este sillón!

Mi mamá me dio uno de sus famosos suspiros
exasperados.

—¿Y tú cómo lo sabes? —me preguntó.

—Así será —le dije—. Porque me llamo Rosa y sé ciertas cosas.

Esta vez mi mamá no suspiró. Me dio uno de sus famosos abrazos.

—Rosa, de veras que dices las cosas más extrañas —dijo mi mamá. Luego susurró algo a mi oído, tan de cerca que me hizo cosquillitas—: Pero te amo más que a nada en el mundo.